19 Mai 1904
Bordeaux

VENTE

D'UNE COLLECTION

D'OBJETS D'ART ANCIEN

DE Mme M...

BORDEAUX

COMMISSAIRE-PRISEUR
Me J. DUGUIT

EXPERT ASSERMENTÉ
Me ERNEST DESCAMPS

1904

CATALOGUE

DE LA

Vente d'une Collection

d'Objets d'Art ancien

des XVII et XVIII siècles

Consistant en

Groupes biscuit de Sèvres, Porcelaines de Saxe Meissen
Service de Chine armorié, Japon; Faïence
Garniture de Cheminée complète
bronze doré et marbre époque de Louis XVI;
Meubles de Salon avec et sans tapisserie. Petits Meubles
Chenets, Lustre, Appliques, Cartel, Argenterie, Gravures
Objets de Vitrine, Peintures de différentes écoles
Beaux portraits de femme du XVIII siècle

Dont la vente aura lieu

LES JEUDI 19 ET VENDREDI 20 MAI 1904

A 1 h 1/2. Salle des Ventes, rue de Grassi

BORDEAUX

M J. DUGUIT
commissaire-priseur
Rue du Cancera, 47

Me ERNEST DESCAMPS
expert assermenté
Rue Jean-Jacques-Bel, 2

EXPOSITION

Mardi 17 et Mercredi 18 Mai 1904

Conditions de la Vente

Elle sera faite au comptant.

Les acquéreurs paieront 5 0 0 en sus du prix d'adjudication et 10 centimes par chaque étiquette.

Les amateurs pouvant se rendre compte de la nature et de l'état des objets pendant l'exposition, il ne sera admis aucune réclamation une fois l'adjudication prononcée.

M. Ernest DESCAMPS remplira les commissions que voudront bien lui confier les amateurs ne pouvant y assister et se réserve d'intervertir l'ordre numérique s'il y avait lieu.

Désignation des Objets

... —

Faïences.

1. **Lorraine**. Six petites coquilles terre de pipe blanc et bleu.
2. **Strasbourg**. Couvercle de soupière polychrome.
3. **Sinceny**. Porte-bouquet polychrome.
4. **Strasbourg**. Six assiettes polychrome au Chinois.
5. **Strasbourg**. Six assiettes polychrome au Chinois.
6. **Strasbourg**. Un plat rond polychrome au Chinois.
7. **Lorraine**. Deux petites coupes à anses, blanc bordé bleu avec leurs plateaux ovales à reliefs en vannerie.
8. **Strasbourg**. Sucrier à poudre avec son couvercle, plateau adhérent, fleurs en polychrome.
9. **Rouen**. Porte-huilier polychrome.
10. **Weegdwood**. Théière, bol, pot, terre noire à reliefs.
11. **Bordeaux**. Paire de porte-bouquets en demi-lune, fleurs en polychrome.
12. **Delft**. Porte-huilier bleu en camaïeu, garni métal blanc.
13. **Mayence**. Cachepot polychrome, décor genre Strasbourg, réparé.
14. **Bordeaux**. Soupière oblongue, bouquet en polychrome sur fond blanc.
15. **Bordeaux**. Plat ovale à bords contournés, fleurs en polychrome. Longueur 0m35.
16. **Bordeaux**. Plat ovale, personnage amusant au centre, d'un bon dessin et d'un beau coloris. Longueur 0m35.

*

Verres.

17. **Bohême.** Un grand flacon gravé.
18. **Venise.** Porte-huilier et burettes.
19. **Bohême.** Verre à pied à bord évasé et son couvercle; taillé, gravé, doré. Sujet: Cupidon le verre en mains. Inscription : *Glass und Wein beide Ein so muss auch die Freundschafft sein.* Bonne pièce, parfait état. Hauteur 0m 28.

Porcelaines.

20. **Barbot.** Grand bol fleurettes bleu et vert; petit bol fleurettes bleu et vert.
21. **Boisette.** Petit bol à bouillon complet, à couvercle, et plateau adhérent, bouquets jetés sur fond blanc, genre Saxe, bords dorés, bouton, anses, parfait état, initiales en écusson L. G. D.

Porcelaines Chine et Japon.

22. **Japon.** Deux assiettes monture bronze d'or.
23. **Japon.** Deux assiettes monture bronze d'or.
24. **Japon.** Deux assiettes monture bronze d'or.
25. **Japon.** Deux assiettes monture bronze d'or.
26. **Chine.** Deux assiettes monture bronze d'or.
27. **Chine.** Deux assiettes monture bronze d'or.
28. **Chine.** Un lot tasses à café.
29. **Japon.** Trois assiettes bleu, rouge et or.
30. **Japon.** Service octogone décoré en bleu et or, composé de 73 assiettes, 9 plats.
31. **Compagnie des Indes.** Service armorié, décoré d'une légère guirlande de feuillage sur le marly et le tour du centre, l'écusson des armes au milieu, le tout en polychrome, 50 assiettes, 3 soupières, 7 plats, 1 moutardier, 1 sucrier, 1 saucière.

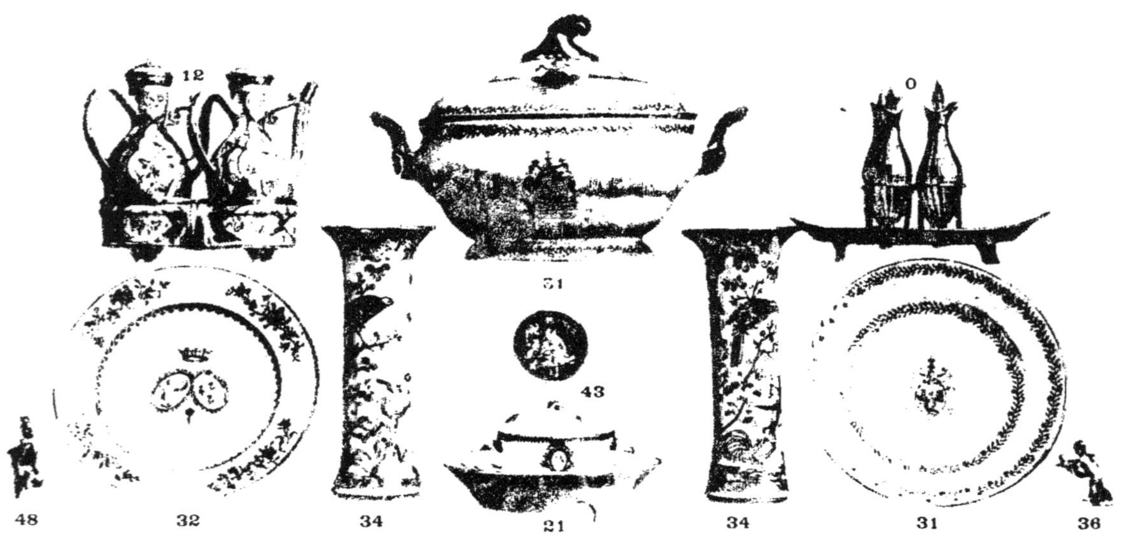
12
0
51
43
48
32
34
21
34
31
36

32. **Compagnie des Indes**. 6 assiettes avec fleur au marly, 2 écussons accolés au centre, en rouge.

33. **Chine**. Plat long octogone, le marly complètement décoré à compartiments de fleurs en réserve, sur fond grillagé, fleurs et branchages au milieu, parfait état. Longueur, 0m39.

34. **Japon**. Paire de cornets d'un joli décor en polychrome, fleurs et oiseaux rouge dominant; ébréchures aux bords. Hauteur, 0m31.

35. **Japon**. Belle potiche octogone pour lampe bleu et rouge dominant, couvercle manquant. Hauteur, 0m31.

Porcelaine de Saxe XVIIIe siècle.

36. Petite statuette polychrome, *Cupidon pâtissier*. Hauteur, 0m16.

37. Berger et bergère dansants. La main manque à la bergère. Hauteur, 0m14.

38. Une paire de flacons, marque AR, sujets pastorales en médaillons polychrome et or de chaque côté avec leurs bouchons. Parfait état. Hauteur, 0m14.

39. Tasse à anse complète, avec sujets Lancret en camaïeu rose sur la tasse et la soucoupe, les bords décorés d'ornements dentelle. Pièce extra, parfait état.

40. Tasse à anse et soucoupe, avec sujets Watteau en polychrome, les bords en ornements dorés. Charmante pièce.

41. Remarquable service à café, reliefs gaudronné chantourné, les bords en vannerie, bouquets jetés sur fond blanc, composé de 6 tasses, cafetière, sucrier, pot à lait, bol, théière, 2 boites à thé: il manque l'anse à l'une des tasses, les couvercles au complet.

42. Une paire de petites jardinières porte-fleur, carrées, évasées dans le haut, ornements rocailles en relief, deux côtés avec sujets Wateau en polychrome et deux côtés avec bouquets fleurs, couvercles ajourés à anses; félures à l'une. 0m12×0m15.

Objets de vitrine XVIIIe siècle.

43. Boîte ronde écaille, cerclée bronze doré, sujet en miniature sur ivoire, d'après Fragonard, *La Fontaine d'amour*. Diamètre 0m061 2.

44. Montre émail de Suisse, cadran entouré jargons.

45. Boîte ronde, sujet du XVIIIe siècle, peinture en miniature sur le couvercle.

46. Boîte ronde, laque violette, sujet gravure en couleur.

47. Étui long, cuivre doré ciselé, époque de Louis XVI.

48. **Saxe.** Petit flacon à odeur, enfant jouant avec une chèvre, légère avarie, bouchon vermeil. Hauteur, 0m07.

49. Éventail, époque de Louis XV, monture ivoire, sculpté, enluminé, sujet allégorique peint à la gouache sur la feuille.

50. Deux boucles de bracelet de forme ovale en émail du XVIIIe siècle, avec devises.

51. **Saxe** (émail). Une paire de flambeaux du XVIIIe siècle, à fond blanc, avec médaillons à bouquets de fleur en polychrome avec renflement du fût et sujets, d'après Watteau et Lancret, également en polychrome, dans les cabochons du pied, le tout entouré d'ornements en or d'un effet très élégant, les contours du pied revêtus d'une sertissure de garantie en bronze doré, gravé. Pièces très rares de qualité très élégantes ; bon état. Hauteur, 0m 29.

52. **Saxe.** Boîte de 12 couteaux, époque du Premier-Empire, à lames d'acier pointues, manches porcelaine à fleurs sur fond blanc ; huit manches ont été réparés.

Groupes biscuits de Sèvres.

53. Garniture de la belle époque de Louis XVI, de trois groupes, représentant des scènes d'intérieur de la famille royale, de forme ovale, sur plateau de

61

marbre *bleu Turquin* de l'époque, protégés par leurs petites vitrines anciennes.

Le premier groupe, composé de six personnages : le roi, la reine, leurs enfants, la femme de chambre et le maître coiffeur Léonard à la toilette de la reine; animaux, marque de POIZOT, en creux. Très bon état. Longueur, 0m 27 ;

Deuxième groupe, cinq personnages : la reine avec ses enfants et la femme de chambre; manque un pied du dauphin; petit chiffre 8 en creux. Longueur, 0m 19;

Troisième groupe : le petit déjeuner de la reine et ses enfants, quatre personnages; manque deux doigts à la fillette. Longueur, 0m 19.

Ces trois pièces, aujourd'hui introuvables, constituent un ensemble d'une délicatesse extrême, qui caractérisait cette charmante époque.

54. Lustre moderne, bronze doré, style Louis XV, à vingt lumières, garni de plaquettes et marguerites cristal.

55. Cinq appliques, bronze doré, style Louis XV, allant avec le lustre. Parfait état, belle qualité.

56. Une paire de chenets en bronze, style Louis XVI, pour salon.

57. Une paire de chenets en bronze, style Louis XVI plus petits.

58. Une paire de chenets en bronze, époque de Louis XIV, forme toupie sur tête de femme.

59. Une paire de petits chandeliers en bronze, époque de Louis XIV.

60. Cartel en bronze, époque de Louis XV, pièce de goût. Hauteur, 0m 50.

61. Pendule bronzée doré ciselé du commencement du Premier Empire, en forme de temple, composée de quatre figures de femmes en forme de gaine soutenant un plateau rond finement ciselé sur le contour; sur lequel repose le mouvement visible à cadran ajouré. Charmante pièce, en parfait état. Hauteur, 0m 36.

62. Importante garniture de cheminée de l'époque de Louis XVI, marbre blanc et bronze doré, femmes, genre Clodion, soutenant une branche à cinq lumières à rinceaux de Salembier.

Deux candélabres : hauteur, $0^{m}65$.

Une pendule : hauteur, $0^{m}55$.

Deux flambeaux trépieds : hauteur, $0^{m}24$.

Meubles.

63. Table rectangulaire, époque de Louis XVI, pieds et ceinture cannelés en acajou, le dessus en marqueterie de couleur, $0^{m}75 \times 0^{m}50$.

64. Table à abattants en noyer, pieds et croisillon tors à filets, époque de Louis XIII. Longueur déployée : $1^{m}55$; largeur $0^{m}75$.

65. Petit secrétaire à abattant, 2 tiroirs s'emboitant sur plateau, à 4 pieds à griffes, le tout surmonté d'une glace à pivot, dessins en or sur genre laque rouge époque de Louis XIV. $1^{m}60 \times 0^{m}72$.

66. Vitrine Louis XVI en acajou, à montants, colonne cannelée, marbre gris veiné blanc. Hauteur $1^{m}20$, largeur $1^{m}05$, profondeur $0^{m}47$.

67. Vitrine, la même, faisant pendant.

68. Petite armoire à deux corps, en beau noyer clair, de l'époque du commencement du XVIIe siècle ; 4 colonnes d'angle au corps du bas et au corps du haut, en forme de fût cannelé, base et chapiteaux sculptés, les quatre portes marquetées à fleurs, séparées par une colonne identique à celle des angles, 2 tiroirs. Exécution et conservation parfaite, meuble de qualité, le corps du bas $1^{m}10 \times 0^{m}90$, le corps du haut $0^{m}92 \times 0^{m}85$.

69. Vitrine droite Louis XVI, 2 portes, acajou verni, à filets cuivre, cannelure des montants également garnie cuivre, motifs, marbre blanc à ressauts aux angles. Hauteur $1^{m}50$, largeur $0^{m}90$, profondeur $0^{m}40$.

41
41
41
41
41
41
40
41
39
41
37
38
30
38
37

70. Console demi-lune à quatre pieds, laquée, époque de Louis XVI, marbre gris à ressaut, la ceinture sculptée en branches de laurier, pieds cannelés à chandelles et feuilles en chapiteaux croisillon. Largeur 1m15.

Sièges.

71. Six chaises de vestibule, à pieds obliques noyer sculpté, couleur noir, style Louis XIII.
72. Chaise rotinée, noyer naturel, époque Louis XV.
73. Canapé droit à chapeau noyer naturel, époque de Louis XVI, couverture moderne, quatre pieds devant. Longueur 1m70.
74. Six chaises époque de Louis XVI, dorées, à barreaux, pieds cannelés, fronton, couverture moderne.
75. Deux fauteuils noyer naturel, époque de fin Louis XIII, haut dossier recouvert, la pomme des accoudoirs sculptée en feuilles d'achante, pieds tournés à bloc ; l'un des bois n'est pas recouvert.
76. Un fauteuil commencement Louis XV, noyer naturel, recouvert au point à la main, de l'époque.
77. Deux fauteuils carrés, grand modèle, noyer naturel à chapeau, époque de Louis XVI, recouverts de petits points à la main, très fin, à personnages et animaux du temps de la Régence.
78. Meuble noyer transition Louis XV-Louis XVI, composé de 1 canapé à trois médaillons, 2 fauteuils, 4 chaises, couverture moderne.
79. Petit fauteuil banquette à bâtons tournés, noyer naturel, époque de Louis XIII, couverture cuir moderne, bon état.
80. Bois d'écran devant de feu, noyer naturel sculpté, époque de Louis XV, parfait état, dimensions intérieures, 0m55 × 0m70.
81. Grande glace époque de Louis XVI, bois sculpté, peinte en gris sur la dorure ancienne, 2m40 × 1m10.

82\. Baromètre-thermomètre époque de Louis XVI, bois sculpté, bonne dorure du temps, jolie pièce, bon état. Hauteur, 0m90.

83\. Petite glace époque de Louis XV, bois sculpté, belle dorure ancienne.

Gravure en couleur.

84\. **Debucourt**. Intérieur de Frascati, dessiné et gravé par Debucourt, pièce en parfait état, belle épreuve sans marges, 0m33 × 0m25.

Argenterie.

85\. Une paire de flambeaux argent ciselé époque de la Régence, en forme de gaine à chapiteau. Poids : 1,680 grammes.

Métal argenté.

86\. Un sucrier ovale et son couvercle sans son récipient.

87\. Un sucrier Empire, à pieds et avec récipient cristal.

88\. Une paire de salières Directoire.

89\. Une paire de salières Directoire.

90\. Un moutardier Directoire.

91\. Trois réchauds Directoire.

92\. Grand plateau ovale à anses. Longueur, 0m85.

Peintures.

93\. **Luminais**. Chiens et piqueur allumant sa pipe sur la lisière d'un bois, signé. 0m50 × 0m45, cadre compris.

94\. **Luminais**. Chiens lancés sur la piste en chemin creux ; au fond, en raccourci, un cavalier les suivant, signé. 0m50 × 0m45.

51 60 51

95. **Oscar Gué**. *Les vendanges*, quinze personnages, hommes, femmes, enfants, dans une propriété; dans le fond, joli paysage, signé. $1^m \times 1^m20$.
(Société des Amis des Arts, 1861.)

96. **Alf. de Dreux** (attribué). Cavalier descendu de sa monture par un temps froid, marchant tenant son cheval et un autre chargé de bagages, les brides passées dans les bras, les mains dans les poches, réparations, non signé. $1^m \times 1^m20$.

97. **Decamps** (attribué). Promenade auprès d'un lac, jeune femme dans un drowski attelé de deux chevaux conduits à la Daumont par un petit postillon rubans tricolores au chapeau, cavaliers et cavalières accompagnant la voiture sortant d'une allée ombreuse, le lac en perspective par une échappée d'arbres, époque 1850 à 1860, monogramme D. C., bon état, cadre pâte de l'époque. $0^m85 \times 1^m$.

98. **Téniers** (attribué). Intérieur toile, cadre noir. $0^m61 \times 0^m53$.

99. **Anonyme**. *La conversion de saint Memin*, panneau flamand XVIIe siècle. $0^m81 \times 0^m83$.

100. **Téniers** (attribué). *L'alchimiste*, panneau cadre noir. $0^m51 \times 0^m62$.

101. **Chaplain** (attribué). Portrait de sa femme tenant un miroir, cadre du XVIIIe siècle, sculpté, doré. $0^m80 \times 0^m65$.

102. **Anonyme**. *La famille Will*, toile trois personnages, dans une baguette inscription : *Fontainebleau 1789*. $0^m83 \times 0^m73$.

103. **Copie**. Portrait de femme de l'époque de Louis XIV, école de Mignard, cadre ovale bien sculpté, vieille dorure. Hauteur 0^m80.

104. **Anonyme**. Portrait d'Olympe de Mancini, toile, cadre bois sculpté doré de l'époque. $0^m76 \times 0^m66$.

105. **Caldeiron**. Marine.

106. **Bonington**. Barque et pêcheurs sur la grève (Normandie), toile sous verre. $0^m77 \times 0^m68$.

107. **Anonyme** (école de Ziem). *Le coup de canon*, bâtiments devant Venise, sous verre, cadre en pâte. 1m03 × 0m83.

108. **Baron Gérard**. Portrait de M. le baron Gérard, cadre en pâte. 0m75 × 0m63.

109. **Van Goyen**. Ville hollandaise au bord de la mer, nombreuses barques et personnages sur la plage, belle peinture sur panneau, signée de l'artiste. 0m65 × 0m94.

110. **Largillière** (attribué). Charmant portrait de femme en ovale sur toile, cadre moderne. Hauteur 0m91.

111. **Largillière** (attribué). Portrait de la princesse de Conti, toile en ovale très bien peinte, cadre bois sculpté de l'époque. Hauteur 0m89.

112. **Anonyme**. *Le triomphe de David* (école de Fontainebleau), panneau fin du XVIe siècle, neuf personnages dans un paysage. Jeune femme guerrière accompagnant David rapportant la tête de Goliath, peinture intéressante, d'un très beau coloris, en bon état, cadre à moulure peinte en gris. 1m20 × 1m55.

113. **Anonyme**. Portrait femme à collerette (école vénitienne), XVIe siècle, cadre bois sculpté ajouré du XVIIe siècle. 0m85 × 0m75.

114. Petit triptyque espagnol, XVIe siècle. Sujets religieux.

115. Petite peinture gothique, XVIe siècle. Sujet religieux.

Pastels.

116. **Leroy** Portrait d'homme, époque milieu du XVIIIe siècle, belle conservation, cadre sculpté époque de Louis XVI, redoré. 0m75 × 0m60.

117. **Nattier** (copie). Mme de Pompadour. 1m × 0m75.

Bordeaux. — Imp. G. Gounouilhou, rue Guiraude, 11.

www.ingramcontent.com/pod-product-compliance
Ingram Content Group UK Ltd.
Pitfield, Milton Keynes, MK11 3LW, UK
UKHW022005260726
13994UKWH00004B/1959

9 782329 384030